(N° 158)

COLLECTION DE FEU M. OUACHÉE

VENTE du Samedi 9 Mai 1908

HOTEL DROUOT — SALLE N° 7

N° 6 du Catalogue.

ESTAMPES

ANCIENNES

Mes EDOUARD FOURNIER
et ANDRÉ DESVOUGES

M. LOYS DELTEIL

IMPRIMERIE

FRAZIER-SOYE

153-157, Rue Montmartre

PARIS

CATALOGUE

DES

ESTAMPES

ANCIENNES

DU

XVIIIe SIÈCLE

PRINCIPALEMENT

FORMANT LA

COLLECTION DE FEU M. OUACHÉE

Dont la vente aura lieu

à Paris, HOTEL DROUOT, Salle N° 7

Le Samedi 9 Mai 1908

à 2 heures précises

Par le Ministère de MM[es]

EDOUARD FOURNIER — ANDRÉ DESVOUGES

COMMISSAIRES-PRISEURS

29, rue de Maubeuge — 26, rue de la Grange-Batelière

Assistés de M. LOYS DELTEIL, Artiste-Graveur, Expert

2, Rue des Beaux-Arts

CONDITIONS DE LA VENTE

Elle sera faite au comptant.

Les adjudicataires paieront *dix pour cent* en sus des enchères.

M. Loys Delteil remplira les commissions que voudront bien lui confier les amateurs ne pouvant y assister : il se réserve, en outre, la faculté de diviser ou de rassembler les lots.

MM. les amateurs pourront visiter la collection, 2, *rue des Beaux-Arts*, du Lundi 4 au Vendredi 8 Mai de 2 heures à 5 heures.

POUR PARAITRE LE 30 AVRIL 1908

Le Peintre-Graveur Illustré

(XIXe & XXe SIÈCLES)

par LOYS DELTEIL

TOME III consacré à INGRES et à EUG. DELACROIX

et contenant la biographie des Maitres,

le Catalogue raisonné de leur œuvre gravé et lithographié

et le fac-similé de toutes les pièces décrites.

1 volume in-4° d'environ 220 pages, orné des portraits de INGRES et de DELACROIX, d'environ 170 fac-simile et d'une eau-forte originale de DELACROIX.

45	Exemplaires de luxe avec une eau-forte originale de DELACROIX (*Tigre couché à l'entrée de son antre*)	**40** francs
300	Exemplaires avec l'eau-forte de DELACROIX . .	**22**
100	sans l'eau-forte	**15**

A l'apparition de l'ouvrage, le prix en sera porté, pour les exemplaires de luxe, à **50** francs, et les exemplaires ordinaires à **25** et **20** francs.

BULLETIN DE SOUSCRIPTION

(A renvoyer à M. LOYS DELTEIL, 2, rue des Beaux-Arts)

Je, soussigné, déclare souscrire à exemplaire

du Tome IIIe du PEINTRE-GRAVEUR ILLUSTRÉ, au prix

francs l'exemplaire.

Signature et Adresse:

N° 15 du Catalogue.

DESIGNATION

ADRESSES, CARTES, etc

1. *De La Ville, Entrepreneur de Bâtiments, Rue Basse du Rempart, Porte St Denis*, par Moreau le jeune — Adresse d'un fabricant d'allumettes, par N. Le Mire. Deux pièces. Très belles épreuves.

2. Solennité des Mariages célèbrés à la Naissance du Duc de Bourgogne, 1751, 2 états, par J. Tardieu, d'apr. Cochin fils — Bibliothèque de Mme la Dauphine, par Ch. Eisen — Frontispice des *Chansons de La Borde*, par Moreau le jeune, à toutes marges. Quatre pièces. Très belles épreuves.

BAUDOUIN (d'après P. A.)

3. Les Amours champêtres, par Choffard (F. B.). Belle épreuve.

4. Le Carquois épuisé, par N. De Launay (11). Très belle épreuve.

5. L'Epouse indiscrète, par N. De Launay (21). Très belle épreuve.

6. Le Fruit de l'amour secret, par Voyez le jeune (23). Très belle épreuve.

7. *J'y vais* — *Qu'est-là ?* Deux pièces par L. M. Bonnet, se faisant pendants (26 et 39). Très belles épreuves, *imp. en couleurs.*

7 bis. *Jusques dans la moindre chose....* par Masquelier — *Sa taille est ravissante* ..., par le Beau (27 et 43). Deux pièces se faisant pendants. Belles épreuves.

8. Le Léger vêtement, par Chevillet (20). Très belle épreuve.

9. Marchez tout doux, parlez tout bas, par Choffard (30). Belle épreuve, à grandes marges.

10. Le Modèle honnête, par Moreau le jeune et Simonet (34). Belle épreuve.

11. La même estampe. Belle épreuve (remmargée du haut).

12. La Soirée des Tuileries, par Simonet (47). Très belle épreuve.

BOSSE (Abraham)

13. Cérémonies et vêtements des Chevaliers de l'Ordre du St Esprit : La Marche des Chevaliers (1208) — Festin donné par Sa Majesté aux Chevaliers (1210) — Louis XIII en prière (1240) — Louis XIII sous la figure d'Hercule (1241). Quatre pièces. Très belles épreuves.

14. Les Voeux du Roy et de la Reyne à la Vierge (1225) — Les Forces de la France sous Louis XIII (1228). Deux pièces. Belles épreuves.

15. Le Sculpteur — Le Graveur — L'Imprimeur (1386-1388). Trois pièces. Très belles épreuves.

16. Le Maistre d'Escole — La Maistresse d'Escole (1389-1390). Deux pièces se faisant pendants. Belles épreuves.

17. Le Jardin de la Noblesse Française, frontispice et 8 pl. — La Noblesse Française à l'Eglise, 1 pl. Ensemble 10 pièces. Bonnes épreuves.

18. Les Sens, les Eléments, les Œuvres de Miséricorde, etc. Treize pièces. Bonnes épreuves.

19. Les Vertus Théologales (176-184), suite de 9 pl. — Louis XIII en prière (1240) — Frontispices, Vignettes, Costumes, etc. 23 pl.

BOUCHER (d'après F.)

20. L'Enfant grondé, par Bonnet. Epreuve *avant toute lettre*, tirée en sanguine.

21. Foire de campagne, par C. N. Cochin. Belle épreuve à *l'état d'eau-forte*.

22. Arabesques : La Pesche — La Chasse. Deux pièces par Le Prince. Très belles épreuves.

CARESME (d'après Ph.)

23. Le Satyre impatient, par Anselin. Très belle épreuve.

CHALLE (d'après)

24. *The Officious Waiting Woman*, par Chaponnier. Très belle épreuve.

CHARDIN (d'après J. B. S.)

25. Chardin (J. B. S.), 4 portraits par Chevillet, Rousseau et Cars, d'après Chardin et Cochin fils. Belles épreuves.

26. Les Amusements de la vie privée, par L. Surugue (E. B. 1). Très belle épreuve.

27. Dame prenant son thé, par Fillœul (13). Très belle épreuve.

28. La Gouvernante, par J. Le Moine (24 C.). Belle épreuve.

29. Jeune Fille à la raquette, par Lépicié (29). Belle épreuve.

30. La Mère laborieuse (35) — La Ratisseuse (46). Deux pièces par Lépicié. Belles épreuves.

31. Le Peintre, par P. L. Surugue (42). Belle épreuve.

32. La petite Fille aux cerises, par C. N. Cochin (43). Deux belles épreuves.

33. La Serinette, par L. Cars (47). Belle épreuve.

34. Le Benedicite — La Mère laborieuse, par Gautier — Le Négligé ou Toilette du Matin. Trois pièces.

CHOFFARD (P. P.)

35. Portraits — Porte et Place de Bourgogne, à Bordeaux. — Sujets divers. Dix-huit pièces. Belles épreuves.

36. *Les Loges peintes à Rome au Palais du Vatican par Raphaël Sanzio d'Urbin* — Paris, 1813 — 1 vol. in-fol. cart.
On y a joint 36 photographies, d'apr. Raphaël.

COCHIN FILS (C. N.)

37. Le Jeu de Comète, par M. Très belle épreuve.

N° 20 du Catalogue.

38. Le Chanteur de Cantiques — La Charmante catin. Deux pièces par Madeleine Cochin, se faisant pendants. Très belles épreuves.

39. La Blanchisseuse — La Charbonnière — L'Ouvrière en Dentelle — Le Masson — La Ravaudeuse. Cinq pièces par Aveline, Ravenet et Mlle Thévenard, formant série. Belles épreuves, une en double à *l'état d'eau-forte.*

40. ŒUVRE DE C. NIC. COCHIN LE FILS : Portraits — Vignettes, Frontispices, En-têtes et Culs de lampe — Ornements — Cérémonies, etc. Ensemble 692 pièces par divers graveurs, un certain nombre *avant la lettre* ou à *l'état d'eau-forte.*

DESSINS

JEANRON, PAUQUET, St GERMAIN

41. Costumes, Scènes de genre, etc. Neuf dessins (6 rehaussés d'aquarelle).

DUPLESSI-BERTAUX (J.)

42. La Bienfaisance ingénieuse, 1802 (Pradher et Elleviou au B^d^ de la Madeleine). Trois belles épreuves d'états différents.

43. Scènes historiques de la Révolution et de l'Empire — Portraits — Sujets divers. Quarante-huit pl., plusieurs à *l'état d'eau-forte.*

ECOLES FRANÇAISE ET ANGLAISE

44. Les Baigneuses épiées — La Jument du Compère Pierre — Il était temps — Le Lever et le Coucher des Ouvrières en Linge — Les Jets d'eau. Six pièces, d'apr. Vleughels, Borel, Bosio, Fragonard.

45. La Charmante Catin — Mlle Camargo — Le Théâtre Italien — Les aimables acteurs — Le Moment d'hilarité universelle — L'Amour à l'épreuve, etc. Neuf pièces, d'apr. Lancret, Cochin, Baudouin, etc.

46. Nécessité n'a pas de loi, par Mlle Papavoine, d'apr. Delorme — Bacchantes et satyres, par François, d'apr. Borel. Deux pièces.

EISEN (d'après Ch.)

47. Les Désirs satisfaits, par Patas. Bonne épreuve.

48. La Vertu sous la garde de la Fidélité — Les Désirs satisfaits. Deux pièces par Le Beau et Patas, se faisant pendants. Très belles épreuves.

49. La Vertu sous la garde de la Fidélité. Rare épreuve, *avant toute lettre, avant les armes et avant divers travaux.*

50. Le Tric-trac, par J. P. Le Bas. Très belle épreuve.

51. *Concert Méchanique Inventé par R. Richard,* 1769, par De Longueil — Bal Chinois, par J. C. François. Deux pièces.

52. Le Bouquet bien reçu, par R. Gaillard — Le Dame de Charité, par Voyez l'aîné.

53. Les Vertus! par De Gouy, petite pl. de forme ronde. Belle et rare épreuve, *imp. en couleurs.*

54. Œuvres de Ch. Eisen : Vignettes, frontispices, en-têtes et culs-de-lampes. Réunion de 469 pièces par divers graveurs.

EISEN (d'après F.)

55. Le Petit Espiègle, par Cathelin — L'Ecole Flamande, l'Ecole Hollandaise, 2 pl. par Ouvrier, se faisant pendants. Trois pièces. Belles épreuves.

FRAGONARD (Honoré)

56. Les Bacchanales (P. de B. 6-9). Suite de 4 pièces. Belles épreuves.

FRAGONARD (d'après H.)

57. Le Baiser à la dérobée, par N. F. Regnault. Très belle épreuve.

58. Les Baisers. Deux pièces par Marchand, se faisant pendants. Très belles épreuves.

59. La Culbute, par Charpentier. Superbe épreuve tirée en bistre.

60. La Fuite à dessein, par Macret et Couché. Belle épreuve.

61. L'Inspiration favorable, par L. M. Halbou. Belle épreuve.

GAUCHER (Ch. Étienne).

62. Œuvre de Gaucher : Portraits, 82 pl. — Vignettes, 89 pl. Ensemble 171 pièces, d'après divers artistes.

GREUZE (d'après J. B.)

63. La Philosophie endormie (Mme Greuze), par J. M. Moreau le jeune et Aliamet. Superbe et rare épreuve, *avant toute lettre*.

64. La Bonne éducation — La Paix du Ménage (E. B. 174-175). Deux pièces par Moreau le jeune et Ingouf, se faisant pendants. Très belles épreuves.

GUÉRINEAU et BOUDAN (à Paris chez)

65. Caricatures contre les Espagnols, 6 pl. in-fol, rares. Belles épreuves.

HELMAN (I. S.)

66. Le Charlatan Allemand, d'apr. Bertaux. Très belle épreuve, *avant la dédicace*.

N° 75 du Catalogue.

HUBERT

67. Hony soit qui mal y pense. Belle épreuve.

JACQUE (Charles)

68. Paysages et sujets divers. Quarante-sept pièces.

LAJOUE (d'après)

69. L'Histoire — La Botanique — La Sculpture — L'Astronomie. Quatre pièces par C. N. Cochin. Très belles épreuves, à grandes marges.

LANCRET (d'après N.)

70. Personnages descendant d'une barque dans un parc. Eau-forte. Très belle épreuve. Très rare.

71. L'Adolescence (E. B. 1) — La Jeunesse — La Vieillesse (86). Trois pièces par N. de Larmessin, deux en très belles épreuves.

72. Les Amours du Bocage. par N. de Larmessin (E. B. 8). Très belle épreuve.

73. La Belle Grecque — Le Turc amoureux (15 et 84). Deux pièces par G. F. Schmidt, se faisant pendants. Très belles épreuves du 1er état.

74. Le Berger indécis, par J. Tardieu (16). Très belle épreuve.

75. Mlle Camargo, par L. Cars (17). Très belle épreuve (léger pli).

76. Les Charmes de la Conversation, par Petit (18). Très belle épreuve.

77. La Coquette de village, par N. de Larmessin (21). Très belle épreuve.

78. *Dans cette aimable solitude...*, par C. N. Cochin Très belle épreuve.

79. Les Deux Amis, par N. de Larmessin (25). Superbe épreuve du 1er état.

80. D'un Baiser que Tircis..., par S. Silvestre (26). Très belle épreuve.

81. La même estampe. Belle épreuve.

83. L'Eté — L'Automne. Deux pièces par Scotin et Tardieu (31 et 13). Belles épreuves.

84. Le Feu — La Terre (34 et 75). Deux pièces par B. Audran et Cochin. Belles épreuves.

85. Le Glorieux, par N. Dupuis (37). Belle épreuve.

86. L'Hiver, par J. P. Le Bas (40). Belle épreuve.

87. Le Jeu de pied-de-bœuf, par N. De Larmessin (43). Belle épreuve.

88. Le Jeu des Quatre coins, par N. de Larmessin (44). Bonne épreuve.

89. La Joye du theastre. par Crepy fils (46). Très belle épreuve.

90. L'Après-dinée — Le Midi — La Soirée (50, 10 et 74). Trois pièces par N. De Larmessin. Belles épreuves.

91. Le Maître galant, par J. P. Le Bas (48). Belle épreuve.

92. La Musique champêtre, par E. Fessard (52). Belle épreuve du 1er état.

93. L'Occasion fortunée, par G. Scotin (54). Belle épreuve.

94. Partie de plaisirs, par P. E. Moitte (57). Belle épreuve.

95. Le Philosophe marié, par C. Dupuis (61), et copie en contre-partie. Deux pièces.

96. Que le cœur d'un Amant est sujet à changer ! par S. Le Moine (66). Très belle épreuve.

97. Récréation champêtre, par Joullain (68). Belle épreuve.

98. Trop indolent Tircis (82), par S. Silvestre. Très belle épreuve.

99. *Veux-tu d'une inhumaine....* (85), par S. Silvestre. Très belle épreuve.

99 bis. Les Saisons. Suite de 4 pièces par N. de Larmessin. Belles épreuves du 1er état (3 à grandes marges).

100. Le Petit Chien qui secoue des pierreries — Le Gascon puni — Les Oyes de Frère Philippe — La Servante justifiée — Les Remois — Les Troqueurs — Le Faucon. Sept pièces par N. de Larmessin, pour les *Contes de la Fontaine*. Très belles épreuves.

101. Le Troque de la Coiffure (chez Bigant) — Les Agréments de la Campagne, par Joullain — Par une tendre chansonnette (chez Crepy) — Le Gascon puni, par N. de Larmessin. Cinq pièces.

LAVREINCE (d'après N.)

102. La Balançoire mystérieuse — Les Nymphes scrupuleuses. (0 et 42). Deux pièces par G. Vidal, se faisant pendants. Belles épreuves, la seconde rognée.

103. Le Contretemps, par Dequevauviller (15). Belle épreuve.

104. Le Coucher des Ouvrières en modes (16) — Le Lever des Ouvrières en modes (36). Deux pièces par Dequevauviller, se faisant pendants. Très belles épreuves, *avec l'adresse du graveur*.

LE MIRE (Noël)

105. La Fayette, d'après le Paon. Très belle épreuve.

106. Washington (G.), d'apr. le même. Belle épreuve.

107. La Pupille, d'apr. Descamps. Très belle épreuve.

108. Portraits et Vignettes. Deux cent-douze pièces.

LE PRINCE (J. B.)

109. ŒUVRE DE J. B. LE PRINCE : Eaux-fortes originales : Sujets divers — Paysages — Costumes. 154 pl. Belles épreuves, plusieurs *avant la lettre*.

N° 131 du Catalogue.

110. Sujets divers et Paysages, d'après Le Prince, par divers graveurs, 184 pl., la plupart tirées en bistre, plusieurs *avant la lettre*.

111. L'Amour à l'espagnole, par A. de St Aubin et Pruneau. Très belle épreuve.

112. Le Concert russien — La Diseuse de bonne aventure russienne. Deux pièces par R. Gaillard, se faisant pendants. Belles épreuves.

113. La Crainte, par N. Le Mire (11). Très belle épreuve du 1er état.

114. Les Délices de l'Eté, par J. B. Lienard. Trois belles épreuves, une à l'*état d'eau-forte*, une seconde *avant la lettre*.

115. La Rose choisie, par Ligée. Belle épreuve, tirée en 2 tons.

MARILLIER (C. P.)

116. Œuvre de C. P. Marillier : Portraits — Vignettes, Frontispices, En-têtes et Culs-de-lampe — Cartouches de cartes géographiques, etc. Réunion de 723 pièces, plusieurs *avant la lettre*.

MIGER (S. C.)

117. Œuvre de S. C. Miger : Portraits. Cinquante-sept pièces, la plupart en très belles épreuves, plusieurs *avant la lettre*.

MONNET (d'après Ch.)

118. Les Baigneuses surprises, par G. Vidal. Très belle épreuve.

MOREAU L'AINÉ (d'après L.)

119. Le Villageois entreprenant — On y court plus d'un danger. Deux pièces par Germain et Patas, se faisant pendants. Belles épreuves, *remmargées*.

MOREAU LE JEUNE (J. M.)

120. Monument du Costume physique et moral de la fin du xviiie siècle... Neuwied, 1789, 2e et 3e suites des planches de Moreau le jeune, et 2 pl. de Freudeberg, soit vingt-six pièces en feuilles, avec

le texte explicatif. Belles épreuves à toutes marges, d'une même égalité de tirage et de conservation.

121. Fondation pour marier dix filles, renouvellée en 1761 par le Mis de l'Hopital, d'apr. Gravelot. Belle épreuve (cassures).

122. Œuvre de Moreau le Jeune : Portraits, Vignettes, Frontispices, En-têtes et Culs-de-lampes. Réunion de 968 pièces par divers graveurs, plusieurs *avant la lettre* ou en *tirages hors texte*.

NAPOLÉON Ier (Estampes relatives à)

123. A Bonaparte Pacificateur, par Gaucher — Demande Solennelle à S. M. l'Impératrice d'Autriche, par Gros, d'apr. Moreau le jeune et A. de La Borde. Deux pièces.

ORNEMENTS

124. Chiffres ornés, fleurs, cartouches, 6 pl. par Marillier, St Aubin, Toro.

PARIS (Estampes relatives à)

125. *Atlas des anciens Plans de Paris, reproduction en fac simile*... Paris, Imp. Nationale, 1880 in-fol. pl. et table analytique.

PORTRAITS

126. Passerat (J.), par Th. de Leu — Levret (A.) — Louis (Ant.), par Miger et Schlechter, d'après Chardin — Portrait, par Demarteau, d'apr. Fragonard — Marie-Thérèse, par Fessard — Croker (W.), par S. Cousins, d'apr. Laurence. Six pièces. Belles épreuves.

127. Rousseau (J. J.), par Queverdo — Voltaire, par St Aubin, Vachez, Carmontelle, etc. Huit pièces, y compris un dessin. Belles épreuves.

128. Portraits anciens et modernes, 110 pl.

129. Portraits modernes, 135 planches.

REGNAULT (N. F.)

130. La Nuit. Très belle épreuve.

SAINT-AUBIN (Aug. de)

131. Tableau des Portraits à la Mode, par P. F. Courtois. Très belle épreuve, à grandes marges.

132. La Sollicitude maternelle — La Tendresse maternelle. Deux pièces par Sergent, Phelipeaux et Morret. Belles épreuves, *imp. en couleurs.*

133. Au moins soyez discret — Comptez sur mes sermens. Deux pièces se faisant pendants. Epreuves du tirage postérieur.

134. Le Couteulx du Moley (Sophie), d'apr. Cochin fils. Très belle épreuve. — Mes Gens, par Tilliard, pl. 4 et 5. Trois pièces.

135. Portraits, d'après Cochin fils, Moreau, Denon, etc. Deux cent soixante-et-onze pièces, la plupart en très belles épreuves, plusieurs *avant la lettre.*

TROY (d'après J. de)

136. Fuyez, Iris..., par C. N. Cochin. Belle épreuve.

VERNET (d'après J.)

137. Ports d'Antibes, de Bordeaux, La Rochelle, Toulon, Golfe de Bandol, etc., 6 pièces par Le Bas et Cochin fils, à *l'état d'eau-forte.*

138. Ports de Cette, Antibes, Toulon (port, arsenal et rade), Marseille (2 vues), Golfe de Bandol, 8 pl. par Cochin et Le Bas. Très belles épreuves.

WATTEAU (d'après Ant.)

139. L'Amour au Théâtre italien, par C. N. Cochin (69). Très belle épreuve.

140. *Belle, n'écoutez rien...* (76) — *Pour garder l'honneur d'une belle...* (77). Deux pièces par Cochin, se faisant pendants. Belles épreuves.

141. *Iris c'est de bonne heure...* (175). Belle épreuve.

142. Catalogues raisonnés des œuvres de Baudouin, Chardin, Lancret, Lavreince, Moreau et St Aubin, par Emm. Bocher, 6 vol. in-4.

142 *bis.* Chardin-Lancret, 2 fascicules doubles.

143. Sous ce numéro, il sera vendu quelques estampes non cataloguées.

IMPRIMERIE

FRAZIER-SOYE

153-157, Rue Montmartre

PARIS

www.ingramcontent.com/pod-product-compliance
Ingram Content Group UK Ltd.
Pitfield, Milton Keynes, MK11 3LW, UK
UKHW021044260726
13994UKWH00005B/2342